被爆を生きて

作品と生涯を語る

林 京子 〔聞き手〕島村 輝

岩波ブックレット No. 813

Ⅰ　原点としての上海

島村　今日は林京子さんから人生や作品について色々とお話をうかがいたいと思います。

実はこのブックレットについて林さんとご相談を重ねているその最中の三月一一日に、東日本大震災が起きました。その地震・津波による不条理な大量の死。あるいは、生活の場が奪われていくという事態。さらに、福島第一原子力発電所の大事故は、発生後ひと月以上経た今日に至るまでも、まったく解決する見込みがない、そういう状況の中で、お話をうかがうことになりました。

林さんは私から見ますと、ちょうど母の世代になります。林さんがご自身の被爆体験を書いた「祭りの場」で芥川賞を受賞されたのは一九七五年、この時私は高校生でした。将来文学研究者になるということをその時から決めていたわけではありませんが、小説は好きで、芥川賞も発表される度に読んでいた。当時読んでいた多くの作品の中でも、やはり林さんの「祭りの場」は、非常に衝撃的な作品でした。

この作品は長崎で被爆された当時のことを、ある時間を経て回想するという形で書かれています。一人の少女として、原爆投下直後に目にし、体験された出来事の生々しいリアリティーと、大人になり、当時のことをさまざまな資料を参照しながら、一定の距離を置いて語ることができるようになった書き手の批評性が融合した、原爆を素材とする文学の中でも、極めて訴える力の大きい作品だと思います。

その後一九七八年には、連作短篇集『ギヤマン ビードロ』を刊行されて、特にその中の「空罐」を読んだ時にも、深い感銘を受けました。身体の中に、飛び散ったガラスの破片をいくつも残して生活してきた友人の話があり、とくにその一人の、焼けただれて蓋も失った空罐の中に被爆死した両親の骨を入れて持ち歩いていたきぬ子という少女の印象が強烈でした。野坂昭如さんの「火垂るの墓」を読んだ時と同じような、ある一つの出来事に対して、極めて強烈な印象を持たせる作品です。「これこそが文学である」という印象を抱いていました。

私自身は、社会の問題と文学とを結び付けて考えていくという立場を選び、小林多喜二の研究などを中心にしながら、「近代」というものを考える仕事を続けてきました。そして移り住んだ逗子では、林さんとご近所になり、「九条の会」などでお話をうかがう機会も増えました。

今日は、まず、林さんの原点である、上海での幼い頃の生活についてお話をうかがえればと思います。林さんは、お生まれは長崎ですが、まだ物心つく前にお父様のお仕事の関係で上海に移られた。一九三二年の第一次上海事変*の時はまだ二歳だったわけです。そして、敗戦の直前、原爆投下の直前に長崎の方に引き揚げてこられるまで、一五年近くを上海ですごされました。いまのことばで言えば「帰国子女」ということになるかとも思います。

小説の中にさまざまに書かれている、作家・林京子の原点としての上海とは、どういったところだったのか、ということをまずお聞かせいただけますか。

＊　日本軍の駐在武官が前年の満洲事変から世界の目をそらすために起こした謀略的な日本人僧侶襲撃事件をきっかけとして一月一八日に始まった日中間の戦争。中国軍民に三万人以上の死傷者を出した。五月五日、停戦協定。

「帰化人」として見た日本の姿

林　いま、「帰国子女」とおっしゃいましたね。ですが、私は「帰化人」のような気がしているのです。

まず、上海から帰ってきた時の印象をお話ししたいと思います。上海から船で大連まで、それ以後は陸路を列車で朝鮮半島を下って釜山まで。釜山から下関まで関釜連絡船という旅路です。

日本に帰って来てまず初めに向かったのは諫早でした。引き揚げですから、リュックサックを背負って、一番いい服を着せられているわけです。革靴もその頃はあつらえのものしかありませんでしたから、それを履いていました。

諫早に着いたのは、まだ暗い、朝の四時か五時ぐらいだったでしょうか、長崎に通う工員さんたちが歩いていました。私たちの姿をみたその人たちが浴びせた言葉が「ヤミ屋」でした。私は「ヤミ屋」が何のことだか分からず、闇の中を歩いているからかなと思ったのです(笑)。そうしたら母が、「日本人って変わったわね」と言ったのです。それまでの日本をとても美化していた母は、思いをそのまま口にしたんですね。

「母国」という言葉を信じて帰ってきた私も、その母の言葉を聞いて、ちょっと違うなという感じがした。もちろんそれだけが理由ではないのですが、日本にはなかなか同化出来ませんでしたね。

島村　一方に思い描いていた日本のイメージがあり、しかし、現実には、戦争末期の厳しい生活のただ中にある日本人の間に投げ込まれた。

林　私はまだ女学校の生徒でしたから、日本の学校へ転校する必要がありました。母は私をまず家から通える諫早の女学校に連れていきました。校長室に案内されて校長先生に挨拶をしたのですが、その校長先生が「あなたたちは上海でいい生活をなさってきて、負けそうになったから日本に帰ってきたんですね。でも日本は食糧難であなたたちを受け入れる余裕はないんですよ」とおっしゃったんです。

それを聞いたうちの母も気が強い人ですから（笑）、「分かりました。じゃあ結構です」といって――その時は、近所の人の知恵で、絞めたばかりの鶏を一羽、風呂敷に包んで持っていったのですが――、風呂敷をチャッと取って帰ったんです。

そしたら叔母が、「じゃあ長崎の県立高等女学校に行きなさい」と。そこで初めて勉強の場所を得たんですね。帰ってきてからは、どこに関してもあまりいい印象はありませんでした。

言葉の原風景

島村　そのように、母国の人からねたまれるような「いい生活」を上海でしていた、という自覚はお持ちでしたか。

林　自覚はないのです。日本の生活を知りませんから。中国の路地が私の日常生活の基礎でした。常識もそうです。

ですから、前にもお話ししたことがあるかもしれませんが、私の日本語の原風景としてあるのは、中国大陸です。川といったら私がイメージするのは三本「川」ではなく「河」。どっぷり流れる褐色の黄浦江。中国大陸が私の日本語の母体になっているんです。

島村　いわゆる日本的な、つまり情緒的な日本語に対しては、違和感をお持ちになったことはありますか。

林　言葉に含みが多すぎますね。ですから、「祭りの場」を書く時には、私は叙情的な言葉は一切避けようと思ったのです。上海の原風景で出来上がった私の日本語は、非常に即物的でしたから、八月九日を書くのに都合のいい言葉でした。

島村　なるほど。

林　一つの言葉がいろいろな意味を含まない――たとえば、子供が「マンマ」と言う時は、マンマという意味しかありませんよね。そういう言葉の選び方をして「祭りの場」を書いたつもりです。

島村　たしかに林さんの作品を読むと、大変硬質な言葉で書かれていると感じます。それと同時に、即物的であるだけに、一般的な日本の作家であれば――大江健三郎さんがたびたびおっしゃることですが――、あいまいにしてしまうようなところを、きっちり距離を取った上で指摘されていく。この事実に対して私はこういうスタンスを取っていますよ、ということを読んでいる側にはっきりと見せていくような書き方です。『祭りの場』でも、『ギヤマン ビードロ』でもそうですが、読み手にとっては怖いな、と感じることもあるんですね。

知性を持って、距離を取り、硬質な言葉を使っていく――そういう意味で言えば、林さんは、井伏鱒二さんや堀田善衛さんに連なるような小説をお書きになっていると私は思っています。

路地の暮らしと戦争

島村　物心ついて初めに記憶に残っている上海の風景、記憶の原風景は、どういったものなのでしょうか。

林　大陸的風景として浮かんでくるのは、連絡船で揚子江から黄浦江に入っていく河口、呉淞の広漠たる風景。天も地もねっとりとした褐色に輝いていて、色も線も柔らかなうねりなのに、人を寄せつけない原風景です。匂いとしては、ラードの匂い。そして音としては朝の路地でモードン(中国特有の持ち運びできる樽型の便器)に水と貝殻を入れて竹ひごで洗うときの、カシャカシャという音。そういうものですね。

そして、路地での日常。子供の私が遊んだ相手は、中国人の子供です。中国人の大人たちは、路地に小さな椅子を持ち出して輪になって餅米でちまきを作ったりするのですが、その輪の中に

1934年，家族と上海神社にて(左から2人目)

1934年，姉妹と上海のジェスフィールド公園で(左から3人目)

私も入れてもらって、一緒に作ったりもしました。

お盆には、赤い血の池や地獄絵などの額が路地の壁一面に掛けられて、中国独特の赤いろうそくや線香が立ったりする。そして銀紙と金紙で死者に持たせるお金を折って、重ねて燃す。遊びも風習も、私の中に残っているのは、中国のものであり、日本の風習ではないんですね。

島村　そのように中国の路地で日本人ということをあまり意識せずに成長されるなかで、「戦争が始まった」と自覚をされた出来事がありましたか?

林　決定的な出来ごとは、昭和一六年一二月八日の「大東亜戦争」の開戦です。朝四時ごろ、開戦の砲声で、路地の家で目覚めました。その当時の上海は、ある意味では日本の陸戦隊によって治安が保たれていました。市街地のザホク(閘北)辺りでは銃声が聞こえたりもしていましたが。黄浦江の近くに住んでいましたので、河に出入りする船舶とか軍艦などを見ていると、ああ、戦争が近いなとかわかるんですね。

アメリカの軍艦はスマートで、船も武器も余計な線がない。実にデザインがシャープです。ダブルベッドのシーツのような大きな立派な星条旗をなびかせて白波を立てて入ってくる。河にはスピードの規制があるのですが。

日本の軍艦で私が一番初めに見たのは「出雲」です。本当にでっぷりとしていて、シャープじゃない。船と桟橋の間を行き来するボートを見ていても、アメリカは、河面を飛ぶように走ってきますし、接岸する時に船がぶつからないように使う竿も先に真鍮がついていてピカピカです。日本は、竹竿。単純に子供の目で比較しても、あっちはお金持ちだな、こっちは貧乏だなと心配になった。

まだ戦争には入っていなかったのですが、見ただけでも勝敗が決まっているような感じを受けました。私はそれまで、戦争といえば日本が勝つものだという意識があったのですが、怖い、負けるかもしれない、と思いました。

島村　講談社文芸文庫の『上海／ミッシェルの口紅』の「著者から読者へ」というあとがきの中で、魯迅が日本語で書いた「人をだましたい」という作品（一九三六年）の文章を引きながら、戦争が近づき逃げ惑う中国の避難民に日本や中国の新聞が「愚民」という肩書きを与えたことを紹介されていますね。そしてその「母国を逃げ惑う同胞を、その地にあるべき者ではない外国人が面白く眺めている風景を、眺める魯迅の、血の涙を見る思いがします」と書かれています。

それに続けて「私たち一家も路地の外に出て、大八車に家財道具を積んで逃げてゆく中国人を、見物したものです、但し、我が家は「愚民」の最たるものでしたので、逃げる人たちの表情をみて、私たちも逃げるかとどまるか判断したのです。ですから『上海』『ミッシェルの口紅』では、そのときの、眺める日本人、君臨する日本人を、子供の目で、ありのまま書くことにしました」とも書かれています。

林　私は、自分では戦勝国の人間として上海に住んでいたという意識はなかったのです。路地で中国の子と一緒に遊ぶ子供でしたから。ただ、戦争になって逃げていくのはいつも中国人でした。ですが、あの魯迅の文章を読んだ時に、この「愚民」はまさしく自分たちの立場だ、という感じがしたんですね。

それを意識したのは上海から引き揚げて門司に着いた時です。リュックサックに腰掛けて船員さんがつくってくれた弁当を広げたのです。食べようと思ってふと見たら、目だけが光った戦災孤児たちが、中国の物乞いの子供たちと同じようなぼろぼろの服を着て、ザーッと取り囲んでいました。母がとっさに「しまいなさい」と言って、私たちは慌てて弁当をリュックサックにしまったのですが、その時私は母に「お母さん、避難民がいる」と言ったのです。母が「日本人よ」と叱った時に、「日本人も避難民になるんだ」ということに初めて気がついた。自分で意識していないと言いながら、避難民イコール中国人。やっぱり戦勝国の子として暮らしていたのですね。

三六年ぶりの上海

島村　そのようにして引き揚げてこられた林さんが、再び上海を訪れたのは一九八一年です。三六年ぶりのことでした。その時のことを書かれたのが『上海』ですね。この作品には、一九七八年八月の日中平和友好条約の調印式の様子をテレビでみながら「上海に行こう。いつかわからないが行こう」と思い、「しかし、いつかとはいつか。その日を、どうやって何時ときめるか」というためらいや違和感も記されています。そして実際に上海に行かれるのはその三年後の八一年になりますね。その時の率直なお気持ちを、小説の言葉とはまた違った形で話していただけますか？

林　まず第一に、「侵略者の国の子供」として住んでいた私が行っていいのか、という疑問があったのです。路地の子もいじめましたし。ですから、行くまでには長い時間かかりました。本当は一九七八年に日中平和友好条約が結ばれた時にすぐにでも飛んでいきたかったのですが、それはちょっと慎まなければいけないという――罪悪感があって、まず中国の人に「ごめんなさい」と謝らなければいけないと、本当に思いました。

それで、上海に昔住んでいたという事実は絶対に明かさずに、全く知らない人たちと一緒に行こう、そう思ってツアーに申し込んだのです。その時心に決めたことは、ツアーのルートから絶対に外れずに、一から一〇まで従おうということでした。

真夏の空港に降り立った時、やっぱりあの匂い、ラードの匂いがしました。

島村　私も中国によく行くのですが、降りた途端にワーッと匂ってきますね。

林　私は本当に懐かしくて、全身の毛穴がバーッと開いて、引き揚げ以来初めて皮膚呼吸をした、そういう感じでした。

私は、私たちがいた上海と、今の社会主義になった中国とを切り離して考えていたので、三六年ぶりの上海にも違和感はなかったのですが、目についたことはありました。クーリー（苦力）たちが一人もいないんですね。私が子供の頃には、バンド*（外灘）の通りには仕事にあぶれた、天秤棒一本が財産というようなクーリーたちがたくさんいました。貧しい彼らは冬でも破れた服から肌が見えるような服しか着ていなかった。でも新しい中国の人たちは、みんなまっ白の開襟シャツをピシッと着ている。

父が三井物産の石炭部にいたので、桟橋で石炭を上げ下ろししているたくさんのクーリーたちを見ていた私は、特にその行方に関心があったんですね。そういう存在がいなくなった、底辺が上がった、まずはそのことがとてもうれしかったんですね。

昔はクーリーも多かったのですが、それと同時に、植民地の文化があったんですね。路地の普通の人たちと違って、インテリ層や豊かな層の人たちは——植民地という文化の中で骨格も変わっていったのでしょうか——私のように顎が張った顔ではない、細面の、足も若竹のように伸びた青年や女性たちが多かった。その、ある意味では実に優雅な人たちを、私は中国の民族だと思って見ていたのです。

新しい中国では——内陸の方から出てきた人たちが増えたのかもしれません——人びとの服装も変わりましたが、同時に骨格も変わった。善し悪しは別にして、綺麗だなと思って見ていたクーニャン（姑娘）たち、女学生たちにはお目にかかれませんでした。実にたくましい人種に変わっていた。でもそれは決して批判ではありません。中国は新しい国になったんだな、思想が変われば骨格も変わるのかもしれない、と単純に思いました。

日本が占領されてから二〇年ぐらいたった時、私は日本の高校生を見て、ふと「ああ、この子たちは植民地の顔になっている」と思ったことがあります。綺麗になったんですね。でも国がない。国民性がないというのでしょうか。それがいいか悪いかは分かりませんけど。

＊　もともとは港市の海岸通り、船着場を指す言葉。黄浦江西岸のバンドは、イギリスやアメリカ、日本など列強の「共同租界（外国人がその居留地区の行政・警察を管理する地域）」だった。

変わるもの、変わらないもの

島村　現在ではまた「たくましい」から「優雅で綺麗」な人たちも増えてきたと思います。一方では昔と変わらぬ、あるいは昔以上の貧しさもあるのでしょうが。

ところで『上海』は、「十四年の、上海の生活に加えるつもりで旅発った旅は、過去に加算できない五日間になっていた」と結ばれています。この五日間の上海の経験によって、その時の上海、八一年の上海と、過去にあった林さんご自身の中の上海とは、すっかり切り離されたということですね。

林　そうですね。確かにクーリーたちはいなくなり、開襟シャツの人たちが増えました。その旅行のとき、上海から蘇州に列車でいきました。私たちは旅行者ですから、いい席に乗れたのですが、そこに役人のような中年の中国人が四、五人乗っていたんです。会釈もにこりともしないで、私が昔知っていたインテリ層の人たちと同じような批判的な、「東洋人《トンヤンニン》」(日本人を指す上海語の俗語)を見る目で私たちを見送り、ご自分たちの仕事を始めた。あ、やっぱり本当の上層部は昔のままだ、中国はそういう意味では変わっていない、と。直感ですが。過去を忘れてはいけない、と思います。

租界の裕福な家庭の方が、戦前、京都大学に留学していました。その方は戦後もずっと日本にいたのですが――思想的には左の方です――、「上海は昔と全然変わっていません。昔の上層部の人たちは、いつでもいい職に就ける。中国を変えようと思っても、最低三〇〇年はかかる。あの長い国境線を侵すことができる者はいないんです」とおっしゃっていました。

ちょっと話が飛びますが、一九八一年の上海旅行はとにかくツアーのルートに沿って行動しました。まだ自由な旅行は許されていませんでしたし。制約の多い旅行で、だけど、黄浦江だけはどうしても見たかった。それで黄浦江の近くの友誼商店《ゆうぎしょうてん》(外国人向け土産専門のデパート)に行った時に、脱出したんですね。友誼商店の門にいた中国の人たちに、ここから出たいけれどいいですか――「ホゥワ?」と聞いたんです。そうしたら笑顔で、「ホゥ、ホゥ」と言って通してくれた。あ、昔の路地の人がいた、と思いました。

走って、堤防の熱いコンクリートに胸を押しつけて、黄浦江だけは見ましたが、路地にも、通っていた小学校や女学校にも行けなかった。それで二回目の上海旅行、一九九六年に――その頃はずいぶん規制が緩やかになっていたので――、上海高女時代の三人のお友達と一緒に、もう一度上海に行ったんですね。

その時に小学校を訪ねたのです。廊下を静かに歩いていたら、向こうから白い麻のシナ服を着たでっぷりした中年の紳士が来て、私たちを見てにこにこ笑っている。そういう時、まず「ごめんなさい」が出るんですね。紳士も、ごめんなさいは分かるんです。でも、何で私たちがそう言っているのかが分からない。

「自分たちが子供の頃、ここは日本人の学校でした。だから今日は見にきているんですけど、いいでしょうか」と言ったら、その方が「どうぞ」という仕草で「ホゥ、ホゥ」と言ったのです。この時にも、あ、昔の中国の、いわゆる大人《タイジン》は、やっぱりいたと思って……。変わらない部分も確かにあるんですね。

次に女学校を見に行きました。あの当時の学校は、日本の国威を背負って建てていましたから、実に立派な学校だったんですね。今そこは、化学工場になっていて、煙突のようなジャバラが校舎に巻きついていた。懐かしいので眺めていたら、軍人か門番か分かりませんが、私たちに、行け――「チー」と言ったんです。ああ、私たちは敗戦国民だった、という現実を身にしみて感じました。

島村　戦前のバンドの公園には、「犬と支那人入るべからず」と書かれていましたね。その逆という感覚でしょうか。

林　初めて、昔は私たちが言っていたんだ……と。でもムカッとするんですけどね(笑)。つい「何で?」と思ってしまう。やっぱり、染みついているいやらしさがあります。それでも、立場が逆になったということは、はっきりと知らされました。

思い出の中の上海

島村　林さんが最後に上海を旅行された一九九六年からも大分年月が過ぎました。上海は世界の投資の窓口の一つであり、金融会社などが競ってそこを拠点にする、超現代的な建築群が建ちならぶ、一大国際都市に変わったわけです。そういう現在の上海の姿を、林さんはどうごらんになっているのでしょうか。

林　冷淡なのかもしれませんが、現在の上海と私が知っている上海とは関係ないと思っています。思想とかむずかしい問題ではありません。私が好きだったのは、豊かさも貧乏も同居している、あの庶民的な上海なんですね。人間的に温かい、生きる基本を知っている人たち。そういう「シナ」の人たちが住んでいた上海が好きなのです。もちろん租界の豊かな人たちも見ているのですが、それも含めた上海全体を私は懐かしんでいるのだと思います。昔も今も上海という都市は、人も土地柄も商才に長けている。妙な言い方ですが、上海の体臭のようなもので、私は「そうだろう」と思って現在の上海を見ています。

今でも一番会いたい人は、三井のランチ（艀船《はしけぶね》）に乗っていた船員さんですね。もちろんもう亡くなっているでしょうけど、探してでも会いたい。すでにその当時おじいさんに見えましたけど、三〇歳ぐらいだったでしょうか。船の上は危ないからと背中を向けてくれて、ランチまでおんぶして連れて行ってくれるのです。藍色の中国服を着ていました。その船員さんは鼻梁がなくて、穴が二つポンと開いているんです。私と妹は「ハナポンさん」と呼んでいました。母は「子供のころ悪い病気にかかったのね」と、でも決して近寄るな、とは言わないんですね。

お正月には船員の人みんながうちに来て、玄関で屠蘇を飲んで、黒豆を食べて――彼らはなぜか黒豆が好きなんです、社宅を警備しているインドさんもそうでした――、母がお年玉を全員にあげて、帰る。

彼は船の釜焚きさんでした。ですから、一九八一年に上海に行った時も、ひょっとしたら今でも黄浦江で生計を立てているかもしれないと思ったり……。

理屈ではない、人や風土への執着のようなものが、私が日本に根差せない理由でもあるんですね。上海の思い出を書いた『ミッシェルの口紅』が出版された時に、関東学院大学の学長だった岡本正先生が――上海の東亜同文書院*にいらした方ですが――、それを読んで、「こんな上海がよく書けたね。林さんは、いい気なものだな」とおっしゃったんです。

私はある意味では、岡本先生の批評は当たっていると思う。

島村さんが先ほど紹介してくださいましたが、私は、上海時代を小説に書くとき、自分がいい子になるのは止めよう、「子供の目で、ありのまま」を書こうと思っています。小説には裏と表が重なってあるからです。これは八月九日にも一貫した思いです。具体的なことはわかりませんが、何かが先生の癇《かん》に障った。「けしからん」ともおっしゃっていました。魯迅を尊敬し、万一の場合僕は上海に残って、魯迅の墓を死守するつもりでいた、とおっしゃった言葉を、私は印象深く記憶しています。

島村　「子供の目で、ありのまま」を書く――それはわかるけれど、今それを書いている大人である自分についてどう考えるのか、という批判は確かにあり得ますね。

ですが、林さんは、「子供の目で、ありのまま」を書くことの前段として、私たち日本人も逃げ惑う難民の側に実はなる、ということを書かれている。そのことをきちんと見ていかなければいけない、と思います。

＊　日本の大陸政策の一環として一九〇一年に上海に設立された高等教育機関。私立だが日本政府の資金援助を受け、一九二一年に専門学校、一九三九年に大学に昇格した。一九四五年、日本の敗戦に伴い閉鎖。

Ⅱ 『祭りの場』『ギヤマン　ビードロ』の頃

作家としての出発

島村　林さんにとって上海での生活が決定的な意味をもったということが、いまお聞きしたお話からもわかるように思います。その上海から一九四五年に日本に引き揚げて、その年の八月九日に長崎で被爆される、このことが林さんにとってのもう一つの決定的な出来事になったのではないかと思います。その後、一九五一年にご結婚をされて、五三年にはご長男が生まれる。同人誌「文芸首都」に参加されたのは一九六二年ですから、短篇小説集『祭りの場』の刊行まで一〇年ぐらいの時間があるということでしょうか。

林　「祭りの場」を書いたのは一九六九年に「文芸首都」が解散してからです。

島村　『祭りの場』の中に入っている作品の一部は「文芸首都」の頃にお書きになっていたんですか?

林　二、三作あります。

島村　もともと文学少女的なところがあって、作家になろうと志されたのですか？

林　いえいえ。

島村　それでは「文芸首都」という場を選んで、書き始めるようになった、そのきっかけのようなものはあったのでしょうか。

林　夫だった林俊夫が早稲田出身なのです。「文芸首都」を主宰していた保高徳蔵さんは早稲田出身ですね。夫があの同人誌はいいから、勉強する気があるなら入りなさいと言って、当時店頭で販売していた「文芸首都」を買ってきてくれたのです。

私自身は最初、書く気はなかったのです。小学校の時の「綴り方」は割といい成績だったのですが、本を読もうとか、ものを書こうとか、そういう気はさらさらなかったです。芥川龍之介ぐらいしか知らなかった（笑）。

夫は――彼も戦時は朝日新聞の記者として上海にいたらしいのですが――、その上海時代に室伏クララ*さんという才女と付き合っていったこともあり、どうもものを書いたりする女性が好きだったようです。

島村　学生時代に文学少女でなくても、作家として活躍していらっしゃる林さんの存在は、今の学生の励みにもなるかもしれませんね（笑）。

林　何も知らないので、野放図に書けますものね。私がもし文学少女であったら、ささやかな知恵が邪魔して書けなかったでしょう。

白紙の出発ですから、自分で苦労して到達した問題でも、後で偉い方の作品を読んでみると、「何だここでもう解決してるわ」ということは多いですね(笑)。時代が変わっても、結果が高いか低いかであって悩みは同じ、とも思います。言ってみれば、私は浅いところで悩み、解決し、後で理路整然と解決をされている高処に気づく――そういうまわり道が私の小説です。結構楽しいです。

＊　中国文学者(一九一八年生まれ)。リベラリストして有名な評論家・室伏高信の娘。一九四〇年に中国「南京政府」で働いていた父の友人、草野心平を頼って中国に渡り、四一年から上海に住む。中国文学の翻訳に携わりながら、日本語での詩作を続ける。一九四八年、上海で病死。林京子「予定時間」は室伏クララと林俊夫をモデルにした小説。

「文芸首都」と中上健次

島村　「文芸首都」には常に錚々《そうそう》たるメンバーが集っていましたが、その頃には津島佑子さんや、中上健次さん、そしてもちろん林さんという、現代文学を読む人間にとっては、非常に大事な作品を残されている方が揃っています。そういう方々と、実際に顔を合わせて議論する場もあったと思うんですが、もともと文学少女ではなかったという林さんにとって、「文芸首都」の居心地はどうでしたか？

林　「何を話しているんだろう、この人たち？」と思って聞いていました（笑）。頭の上を通り過ぎていく議論ばかり。

若い中上健次は文壇の話が大好きで、よくするのです。どうしてこの人、こういうことを知っているのだろうと思って「文学界」を読むと、そこに出ている（笑）。

でもやっぱり、川に飛び込んだときの、川の水と自分の体が触れ合うところを見事に書いている「十八歳」という短篇小説を読んだ時は、この高校生――詰襟の制服を着ていましたので――すごいなと思いました。それが山口かすみさん（紀和鏡）の私小説をばかに褒めるんですね。おかしいな、と思ったら後に彼の妻になって（笑）。でも論客でもあったし、鋭かったですね。

島村　そういった場を共有していたということもあっての発言だとは思うのですが、中上さんは林さんに対して「原爆ファシスト」という、ここまで言うのか、というような言葉を使って批評しましたよね。そのことについて林さんはどうお感じになりましたか？

林　同人時代の流れ、ですね。騒がれたほど私は、正直、あまりピンと来ませんでした。片方から見ると当たっていないこともありませんが。

ただ、私はそういう過激な思いで書いているのではないのです。被爆とは被爆者個人の体験ではなくて、人間全体の問題――自分の子供を育てながらそう思ったのです。いかに人間全般の普遍的な問題として、つまり人間の経験として昇華できるか、ということをいつも考えていました。ですから、「原爆ファシスト」と言われても、そうか、まだ〝感傷的九日〟なんだな、という感じですね。

島村　私は、この中上さんの言葉について、彼と林さんの一番基本的な文学のスタイルの違い、あるいは、基盤としている文化の違いが非常にはっきりと出た批評だな、と感じました。

中上さんは、自分のルーツや育った場所を基点にして――先ほど林さんが、川に飛び込んだ時の肌と水とが一体になる感覚を見事に書くとおっしゃいましたが――、身体の延長として世界が広がっていくような、いわば身体密着の書き方を終生された方だと思うんです。

それに対して林さんは、即物的な、つまり見たものや風景から距離を置いてそこから自分の感覚を測っていく、そういう書き方をされるわけですね。でも、中上さんにはそれが林さん自身に密着した風景に見えてしまう。だから、題材――原爆――が一緒だったら、書いた小説も全部同じものに見えたのかもしれない、と思うのです。

でも、中上さんは一つのことを書いているように見えて、実は多様な世界を書いている。そして林さんは、非常に多様な世界をお書きになりながら、実は一つのことを書いている。文学的に言うと、ちょうど裏と表のような関係として、中上文学と林文学があるのかな、とも思うわけです。ですから、中上さんが、そういう極端な批評を、彼一流のやりかたでしたということも、実は分からないでもないのです。

林　そうですね。彼がいつも言っていた言葉は、「壊せ、壊せ」でした。同人の場を離れて個人的にお茶を飲んでいる時に、壊した後の目的は何か、と聞いたのです。そうしたら、「自然発生だ」と。いかにも彼です。だから、彼が目指しているものと私が目指しているものとは違う。私の場合には「書く」以前に破壊がある。物心ともにです。

極限的な経験を書くということ

島村　中上さんの場合は、身体感覚で、作りながら壊しながら、そしてまた作りながら壊しながら書いていく……、それは彼の文章のスタイルそのものにもよく現れていると思います。一方、林さんの場合は、見えている一つのものに向かっていくというスタイルがあると思います。ただその時に、やはり作家として、自分の言葉を作り上げていくという苦しい作業がある。つまり小説とは、見たもの、感じたものをそのまま再現するわけではないわけですよね。

　特に原爆のような体験の場合、これをはたして言葉に書き表し得るのか、こういう極限的な経験を言葉にすることができるのか――という大変な葛藤、苦闘がおありになるかと思うのですが。


林　私には、日常の中に戦争がひょいひょいと顔をみせる上海時代がありますので、傷や、痛みは、戦争にはついて回るものだ、という常識化されたものがあります。ですから、それらにはあまり触れないようにしています。その痛みは、私には表現出来ないと思うんです。

　でも、傷も痛みも、それらは癒えるものと、「内」にこもっていくものとありますよね。私には、その「内」の問題の方がとても大事です。「内」の問題が病気になって出てくる。それは精神的なものでもあるし、原子爆弾の場合は体内に吸い込んだ放射性物質がある。これは遺伝子にもかかわってくる問題で、六日九日の被爆だけでは終わらない。その痛みを書いているつもりです。

　ですから、私は個人の感情は出来るだけ入れないように、即物的な言葉を使って書くようにしています。

　既成の言葉はあまり使っていないつもりですが、それでも、一般的な日常的に誰でも使う言葉こそが最も適切だと思う時もあります。既成の言葉を崩したらどうなるだろう――そう思って、国語辞典を引くんです。前後の文章によって、当然ですが、いろいろな解釈があるんですね。その生の言葉の中で、一番単純なものを選んで書くという作業はしました。

「原爆作家」と呼ばれて

島村　たしかに言葉では、体験は描けないかもしれない。とはいえ、例えば丸木位里・俊夫妻が描いた「原爆の図」*のように——言葉と絵とでは違いますが——、視覚的な形で、まさに血が出ているところ、やけどをしているところ、痛みを感じているところを具体的に表象することが出来るという考えもあるわけです。

しかし言葉は見たものそのものの図像化ではない、どうやっても抽象化するわけです。つまり文学とは、一回限りの経験を抽象化した言葉で表すという、大変矛盾した作業です。

とりわけ戦争や災害のような大きな体験を受け止める言葉を作り上げていくのは大変な作業です。そういう言葉の持っているギリギリのところを突き詰めていく究極の題材として、林さんの場合には、原爆の存在、被爆の体験があるともいえます。

林さんは、被爆体験、そしてその後の長い経験をずっと書き続けてこられました。そのことによって、原爆作家、あるいは原爆文学の小説家などとジャンル分けされることも多いと思います。

うか。

そういった形で論じられることに対して、林さんご自身は、どんなお考えを持っているのでしょうか。

林　今まで自分を「作家」と書いたことがありません。いつも「著述業」と書いてきました。また、「原爆作家」と言われた時には、「私は小説を書いているつもりです」と答えてきました。「原爆文学」「原爆作家」と一括りで枠にはめられることが、ずっと私は嫌だったんですね。私は「純文学」「大衆小説」の区別さえおかしい、と思っています。

評論家の陣野俊史さんが、私の作品を「原爆文学」の枠組みから外して、佐藤友哉氏の『デンデラ』と並べて論じられたことがありました(「『長い時間をかけた人間の経験』と死の共同体」「すばる」二〇〇九年一〇月)。これを読まれた集英社の池孝晃さんという編集の方が、「この新しい文学の潮流の中にある」佐藤さんの作品と私の作品とを同列に並べて、枠から引っ張り出して論じたのはすばらしいことだと思う、という意味合いのお手紙をくださったんです。

私はそれに対して、それでも私は原爆作家と言われるのは嫌です、と手紙を書きました。そうしましたら、池さんは、「最近私の考えは変わってきました。原爆文学が世界に向けて発信されていくような気がしています。私は原爆文学というものがここまで来たかと思って、非常にうれしかった。今まで大田洋子や、原民喜や、峠三吉……そういう人たちが、八月六日、九日を出発点として営々と築き上げてきたものの上に林さんの作品もある。その原爆文学の裾野を陣野さんが引き出したことによって、初めて原爆文学が他の文学と同列に並べて論じられるようになった。それは林さん、すばらしいことですよ」とおっしゃってくださったんです。

以来私は、こだわらなくなりました。

＊　水墨画家の位里と油彩画家の俊の共同製作による絵画。原爆投下直後の広島の人びとを描いた一九五〇年の「幽霊」から、第五福竜丸事件を描いた「署名」、日本人と同じく原爆の犠牲となった米兵捕虜、韓国・朝鮮人を描いた「米兵捕虜の死」「からす」、長崎での様子を描いた一九八二年の「長崎」まで、三二年間にわたって描き続けられた全一五部からなる。

原爆体験の個別性、普遍性

島村　先ほども申し上げたように、文学とは、本来は言葉になかなか表し得ないような個別性を言語化するという困難な課題です。その最も困難な課題の一つとして原爆があるわけで、原爆という素材によって文学をジャンル分けするということは、私は実はそれほど有効ではないと思っています。
ただ、逆説的かもしれませんが、やはり、原爆という素材の個別性の強さにはなみなみならないものがある。と同時に、いつでも、どこであっても、また原爆に匹敵するような体験が起こるかもしれないという危機感を持つこと自体も、非常に文学的な想像力であろうと思うわけです。必ずしも被爆体験を持たなくても、強い文学的想像力を持った方たちは、そういう原爆に対する、あるいは核に対する問題意識を持った作品を生み出してきているのではないかと思います。

早いところでいえば、井伏鱒二さんがそうですね。井上ひさしさんや大江健三郎さんにも、核に対する強い想像力が働いていなければ書けないだろうという作品や評論が多い。もちろん小田実さんも。

林　本当にそうですね。トリニティ・サイトに建つ「グランド・ゼロ」の石碑は人類が核時代に突入した危険信号です。ヒバクは被爆者の「特権」ではなく、核に対する「意識」の問題だと私も思います。戦後生まれでは、青来有一さん、心強いです。

島村　特に日本の場合、広島・長崎への原爆投下だけでは終わらず、直接的な被害として、ビキニ環礁の水爆実験による第五福竜丸の被爆*があります。その後も――これは日本だけの話ではありませんが――、大気中での核実験が何度も繰り返されてきた。そして米ソ両国が核兵器を大量に保有することで均衡を保つ「核抑止」という考え方が一般的だった冷戦体制が終わっても、世界中には山のように核兵器が存在する。また近年では、温暖化防止や安価なエネルギーという口実の下に、原子力発電所がどんどん作られてきたわけです。

そして、今度の東日本大震災では福島原発に非常に深刻な大事故が起きました。それでも、すぐに原発を止めようという声が決して大きなものにならない。まさに今のような時代にこそ、文学的想像力がもっと力を発揮しなければ大変なことになるのではないか。いまの時点と地続きの問題として原爆文学をとらえる必要があるのではないか――私はそんなふうに考えているんです。

林　〝いまの時点と地続きの問題として原爆文学をとらえる必要があるのではないか〟と島村さんおっしゃいましたが、いまのご発言うれしいですね。とても。

島村さんのご意見通りの反応を見せてくれたのが、ドイツです。ドイツでは現在福島原発の事故への関心がとても高まっているそうで、〝この時期に速やかに『長い時間をかけた人間の経験』を出版したい〟と、日本の「ＪＬＰＰ事務局」を介してアンコール出版社（Angkor Verlag、フランクフルト）からドイツ語出版の申し込みがありました。事故以来、さまざまに報じられるニュースを聞きながら、日本は被爆国ではなかったのか、とあまりの学習のなさに絶望していましたので、この申し込みに私は救われました。

世界には判ってくれる人がいる。物事の基本で考えられる人がいる。本当に救われました。書いていてよかったです。

＊　一九五四年ビキニ環礁で行われたアメリカの水爆実験によって静岡県焼津市のマグロ漁船「第五福竜丸」が多量の放射性物質を浴びた事件。乗組員が放射能症を発症、その一人久保山愛吉氏が死亡した。これを契機にひろがった原水爆禁止の署名運動は、原水爆禁止運動の発端となった

Ⅲ　「トリニティからトリニティへ」の思い

二〇世紀の問題としての核

島村　今にまで続く核の問題の出発点として、一九四五年七月一六日に世界で初めて核兵器のエネルギーが現実に解放されたアメリカ合州国のニューメキシコ州にあるトリニティ・サイトがあります。このトリニティ・サイトを、林さんは一九九九年に訪れて、その後「トリニティからトリニティへ」という作品を書かれていますね。トリニティ・サイトを訪れようと思い立った理由を聞かせていただけますか？

林　息子の赴任について一九八五年にアメリカに行った折に、行きたいと思っていたのですが、「あんなところに行ってどうするの？」と息子に言われましてね。私は英語が出来ないし、運転も出来ない。結局そのまま日本に帰ってきました。ただ、アメリカに着いてポトマックの川沿いの道を息子の家に向かって走っている時に、この道はトリニティの原爆実験場に続いている、という意識が、強烈にわき上がりました。

一九九九年という半端な年に行ったのは、私本当にばかですから、二〇〇〇年になったら二一世紀になると思ってたんですね(笑)。ですから、二〇世紀の間にやるべきことをまとめてしまおうと思って、講談社の「群像」の石坂さんにお話をしたのです。そうしましたら、石坂さんと中島さん、お二人の編集の方が「林さん、本当に行く気があるの？　だったら、僕らも一緒に行きます」とおっしゃって下さって、全員自費で——私は彼らの旅費が出せるほどお金持ちではないので——、もう一人アメリカで大学の准教授をしている津久井さんという女性と四人で行ったのです。

「トリニティからトリニティへ」で書いているように、最初の実験で使われたのは、長崎に落とされたものと同型のプルトニウムの原爆なんですね。当時アメリカには原子爆弾は三発しかなかった。その中の二つがプルトニウム爆弾。一発がウラニウム爆弾。広島攻撃に使われたのがウラニウム爆弾ですが、二発あったプルトニウムの一発を一九四五年七月一六日早朝に行われたトリニティの原爆実験に使用して、もう一発が長崎に落とされた。

春名幹男さんという方が書いた『ヒバクシャ・イン・USA』(岩波新書)の中に「長崎原爆の「故郷」」という言葉があったのです。どういうことだろうと思ったら、この世紀初の原爆実験に使われたのが、長崎と同型のプルトニウム爆弾である、とあった。そういうこともあって、実際の投下実験が行われたトリニティに行きたくなったのです。

それと同時に、もういい加減に八月九日から逃げ出したいという気持ちがあったので、とにかく被爆の原点である「故郷」を一まわりして終わりにしようと思って行ったのです。

実は他にもあって、あの辺りは女流画家のジョージア・オキーフが大好きな、よく描いている土地です。私はオキーフが大好きなのです。そのオキーフが好きだった赤土の大地とはどういうところなんだろう――という興味もあって行ってみたのです。

トリニティ・サイトの中へ

林　その時ちょうど、ニューメキシコ州で一年に一回の世界的なバルーン大会があったんですね。お祭りに行く人たちはバルーンを描いた綺麗なキャンピングカーに乗って明けつつある広野を走っていく。私たちも同じころにホテルを出たのですが、行先はトリニティです。

とにかく実験場のフェンスの中に入るまでの厳しさはすごいものでした。トリニティに着いたのは朝の九時ごろ。でも、アメリカという国はいいな、と思ったのは、ゲートに「これより先はニューメキシコ州の管轄から離れる」、つまりあなたたちはこれから先は軍の管轄下におかれるということが明記してあるわけです。そして、注意事項が一三項目書かれたプリントが渡されてサインをさせられる。

別の小冊子には、実験場である広野の中に入った時の放射線の線量がちゃんと書いてあります。一時間いたら〇・五から一ミリレントゲン被曝する。そして、アメリカの大人が自然界で一年間に受ける放射線は平均で九〇ミリレントゲンということもちゃんと明記してあるのです。その上で、入るか入らないかは、あなたたちの責任であると。これはすごいことだと思います。

すべてを了解した上で、持ち物はカメラと水筒一つが許されてサイトの中に入る。指示された道だけを歩くように注意されます。一週間ほど前に、この中でガラガラヘビが一匹見つかった、指示されている場所以外を歩くと、かまれたりする危険もあるということなんですね。私にとっては、これが強烈だった。歩いているうちに、この一匹が持つ意味は何だろうと思うようになってきたのです。

一緒に入った二〇〇人ぐらいの見学者たちが、サイトの真ん中にある石を積み上げたいわゆるグランド・ゼロ——爆発点——に向かって、無言で、本当に静かに歩いていくのです。彼らが、どういう人たちかは分かりませんけど。

とげのある枯れたような短い草が足首まで生えています。草の中を歩いていてもバッタも飛び出さない、虫も飛ばない。静寂そのものなんです。ニューメキシコ州の一〇月は日の光が強くて、

トリニティ・サイトの「グランド・ゼロ」地点

トリニティ・サイトに展示される「ファット・マン」

真夏の太陽のようにかんかん照りになるんですね。朝だというのに。空にはカラスの影もないし、スズメの影も何もない。

歩いていくうちに、私、全身がガタガタ震えてきて……。子供の時に泣きじゃくることがありますよね。一生懸命こらえていますから、声は出ませんけど、あの泣きじゃくる状況です。みっともないからと思ってこらえてこらえて。なぜこういう感情になったか、自分でも分からないのです。

果てしなく広がる広野には立木一本ない。全く音がない、風がない、草の実がはぜる音もしない。大地が死んでいるという実感でした。そしてサイトに入るときに聞いたガラガラヘビのことがずっと頭から離れない。あの一匹のヘビは五〇年後に初めて誕生したんだろうか……。若いころにアメリカの作家スタインベックの『蛇』を読んでいたので、それまではガラガラヘビは嫌なやつだ、と思っていたのです。でも、トリニティを歩いてみて、そうか、ここは半世紀の間ガラガラヘビさえも生きられないほどの、死の大地になってしまったんだと思ったんですね。ガラガラヘビさえ愛しく思えました。

島村　他に全く生命らしきものの姿がない。

林　その時、〝私は本物の被爆者になってしまった〟と思ったのです。九日から抜け出すつもりで行ったんですけどね。どうあがいたって核は人類と共存出来ないということが一人の被爆者としてはっきりわかった。

ここまで大地を駄目にしてしまった人間は――私は神様という言葉しか知らないので神様と言いますが――、その神に対しての大いなる反逆ですね。人間はそこまで不遜なことをやってしまっている……。私は書きたいんです。人間とは何か、生きるとは何か、命とは何か、相対する神とは何か。でも、神さまは身の丈にあって在るので、私にはやはり無理ですね。

トリニティから福島へ

島村　上海と並ぶ林さんの原点は、八月九日だと思います。その八月九日につながる最初の核実験の場としてのトリニティ・サイトに約五五年、半世紀以上たったところで行かれたわけですね。でも、そこで改めてわかったことが、核の問題は決して決着が付かない、どこかで終わってしまったことには出来ない、ということだった。

そして、今回の福島原発事故が起きました。

林　いまの人たちは、核を燃料棒としてしかとらえていませんね。日本にはまだ、八月六日、九日の被爆者がたくさん生きています。形は違いますが、核が人類にどんな影響を及ぼしたか、学習してきたはずなんですよね。少なくとも為政者たち、専門家たちは知っているはずですよね。これだけ学習しない国って、あるのかな、と素朴にあきれています。

核というものは、いかなる場合にも絶対に利益にはつながらないということを、頭の冴えた人たちがなぜ分からないのか。原子力発電は、放射性物質や原子の処理、安全装置が完全に出来るようになって初めて可能なことだと思うのです。

原発を作る時に、それらの最悪の場合を想定していなかったのか。唖然としています。本当にあざ笑われているような感じです。

原発事故が起きて二日目ぐらいでしたか、さまざまな報道に納得が出来なかったので、肥田舜太郎先生に電話をしたんです。肥田先生はご自身も広島で被爆しながら、ずっと被爆者たちの治療を続けてこられたお医者さんです。いろいろなことをお尋ねしたのですが、最後にもっとも気になっていることを聞きました。

日本政府の指示は、原発の二〇キロ圏内に居住する人たちへの強制退去、三〇キロ圏内の居住者には退去勧告ですね。それに対してアメリカは八〇キロ以内に住んでいるアメリカ人全員に退去を勧告しました。私は先生に、この三〇キロと八〇キロの違いについて聞いたのです。

すると先生は、人の命、人権に対する認識の度合いの違いです、と即答なさいました。私は深く納得しました。

この間、福島の原発事故が命にかかわる問題だとテレビではっきりおっしゃったのは、松本市長の菅谷《すげのや》昭さんだけです。菅谷さんはお医者さんとしてチェルノブイリに行かれて甲状腺ガンの子供たちの治療に当られた方です。その方が、これは人の命の問題です、三〇キロまでは強制的に避難させるべきです、とおっしゃった。私が命という言葉を聞いたのはこの先生お一人です。この国では、弱者は見捨てられていくのだ、と思いました。

そして、今回、「内部被曝」ということが初めて使われましたね。私はこの言葉を聞いた瞬間、涙がワーッとあふれ出ました。知っていたんですね彼らは。「内部被曝」の問題を。それを今度の原発事故で初めて口にした。

被爆者たちは、破れた肉体をつくろいながら今日まで生きてきました。同じ被爆者である私の友人たちの中には、入退院を繰り返している人もいます。でも、原爆症の認定を受けるために書類を提出しても、原爆との因果関係は認められない、あるいは不明といわれて、却下の連続です。認められないまま死んでいった友だちがたくさんいます。

長崎の友だちの訃報を一番多く耳にしたのは、三〇から四〇代の子育ての最中でした。上海の友だちにはそんなに若い年で亡くなった人はいません。長崎の友だちはあの人も、この人も、と死んでいる。それも脳腫瘍や、甲状腺や肝臓、膵臓のガンなどで亡くなっている。それらのほとんどが原爆症の認定は却下でした。内部被曝は認められてこなかったんです。闇から闇へ葬られていった友人たち。可哀想でならなかった。

島村　今政府の言っている「直ちに健康に影響のないレベル」というのはまさにそういうことなんでしょうね。

林　肥田先生は、こんなナンセンスはないとおっしゃっていました。私が、なぜ原爆症の認可が必要と思っているかというと、数字に残してほしいからなのです。

もちろん認定されると――月一〇万ぐらいですか――、手当が出ますから、経済的に助かる人もたくさんいると思います。だけど私がこだわっているのはお金だけの問題ではないんですね。数字に残されて初めて、原爆と人間とのかかわりが明らかになる――そう思っているからなのです。

しかし、いつも言われるのは、統計的に見て被爆者のガン死亡率と被爆していない人のガン死亡率はそれほど変わらないということです。

第一義としての命

島村　原爆も原発も、命をお金や何か他のものに換算している――そういう構造が、露骨に見えてしまう。命を大事にしないということは、裏返せば命より大事なものがある、ということだと思うんですね。

トリニティ・サイトのあるニューメキシコ州は、西部劇の舞台としても有名です。ヨーロッパからの植民者たちが次々と先住民たちを追いやって彼らから広大な土地を奪い、その土地に原爆の実験場を設けた。いわば安い命を買い上げ、収奪をした末に出来上がったものです。

私は原子力発電所も、言ってみれば軽んじられ、安い値で買いたたかれた命の上に成り立っているものではないかと思うのです。福島であれ、青森であれ、あるいは福井もそうですが、原発が立地されているのは、非常に自然の豊かなところです。つまり都市化していない、産業化していないところでもある。だから、原発ができて、そこに雇用が発生すれば、地元の人たちは最初は仕方なしに受け入れても、だんだんそこから抜けられなくなってくる。

そして、原発そのものは常に被曝者を生み出す仕組みになっている。別に爆発事故がなくても、原発を維持していくためにそこで作業をする人たちは、必ず被曝をする。だから、被曝の限度量などは一応設けられてはいても、どこからが安全でどこからが危険という閾値《いきち》は実は最初からないのでは、と思うわけです。

林　私は昨日も魯迅の評論集を読み返してみました。まさに今の日本が書かれていると思いました。

島村　自己判断が出来なくなった人間たちの持っている悲しさや愚かさが、見事に描き出されています。

林　私自身、魯迅の言う戦火に逃げまどう「愚民」の一人です。「愚民」だから私は考える。でも、やっぱり、もう少し一人ひとりが真剣に考えていかなければ怖いですね。

別れた主人が日常的に私に言っていたことは、「第一義をとりなさい」ということでした。ある時、同窓会に行きたいけど着る洋服がないから行けない、と彼に言ったんですね。そうしたら彼が「君はお友達に会いたいの？　それとも洋服を見せに行きたいの？」と聞いてきた。私は本当は洋服を見せに行きたかったのかもしれないけど(笑)、「お友達に会いたい」と答えました。そうしましたら、「じゃあ第一義をとりなさい。第一義を決めたら、あとの不要なものは捨てなさい」と言ったんですね。以後、私の生き方の基本になっています。

私はでも、枝葉末節を大切に考えてしまう。そうすると何も解決出来ないわけです。自分は一番何をしたいのだろう、と考えた時に、見えてくるものがある。それが本当のものだと思います。とはいっても、枝葉末節にばかりとらわれて、まっとう出来ないことの方が多いのですが。

Ⅳ 「長い時間をかけた人間の経験」と「希望」

「長い時間をかけた人間の経験」

島村　直接的ではないかもしれませんが、今の核と人間との関係を予見するような作品が一九九九年に書かれた「長い時間をかけた人間の経験」ではないかと思います。

この作品を書かれた時には、もちろん福島原発の大事故はありませんでした。でもそんな劇的な形ではなくても、人間は核とは共存できないということを――被爆とはその瞬間の出来事だけではなく、むしろその後の時間の方が長いということを、まさに「長い時間をかけた人間の経験」としてお書きになった作品だと思うんです。先ほどおっしゃっていた「内部被曝」「体内被曝」のことも書かれていますね。

このタイトルを選ばれたきっかけは、何だったのでしょうか。

林　このタイトルは、編集者の中島さんからいただいた葉書の中にあった言葉です。

その頃、私はもう書かなくてもいいのではないか、と悩んでいました。無力感ですね。書くことで天下を変えようなどと、大それたことは思っていませんが、それでも、いかにも被爆と世間との間に距離がありすぎました。

被爆者の中にも当然、私が書くことに批判的な人はいますし、書くことで友だちを傷つけることがあるかもしれない、けれども嘘は書けない——私なりに配慮をしながら書いてきたつもりですが、それでも痛烈な言葉を聞くこともありました。

私は人間みんなの命の問題と思って書いてきたつもりですが、余計なお世話ですよね。次元の低い悩みですが、もろもろの憂さを中島さんに話したのです。

その時にいただいた葉書の中に、「林さんは、長い時間を生きた人間の経験として書かなければいけないのです」という言葉があったのです。私は、中島さんに「この言葉をタイトルにください」とお願いしました。ですから、この作品はタイトルが初めに出来たのです。

私も友人たちも、長い時間をかけて生きてきて、ある友は死んでもいきました。さっき島村さんもおっしゃいましたが、このタイトルはそのまま今日の状況につながりますね。根は人間と核の問題ですから。

でもこの国は、うっかりすると、被爆したこの人たちはまだ生きているではないか、だから原発も放射線も〝直ちに健康には影響しない〟と言い出しかねない。そんな形で私たちのことが引き合いに出されそうな不安がよぎることがあります。

島村　現実にそういうことを言いかねない、いや言っている人たちさえもいます。

林　被爆後、長崎にも広島にも人はすぐに住んでたのでしょう、とおっしゃった方がいました。その後は何もおっしゃらなかったのですが、後にどういう言葉が続くのか、私は聞きたかったですね。

この「長い時間をかけた人間の経験」は被爆者として生きてきた年月の総決算のつもりで書いたのです。すぐ後に、トリニティに行って「トリニティからトリニティへ」を書きましたが、どちらも、私の最後の作品のつもりで書いたものです。

ＪＣＯ臨界事故と「収穫」

島村　そのトリニティ・サイトに行かれた時にアメリカで東海村のＪＣＯ核燃料施設での臨界事故*のニュースを聞かれた。一九九九年のことです。この時に問題になったのは、事故によって汚染された空気や、水による「内部被曝」でした。

この事故を直接にお書きになった二〇〇二年の「収穫」という作品がありますね。実際に、取材をされたのですか？

林　東海村に編集者の石坂さんと行ったんです。私たちが行った時は、もう沈静化していました。でも町は、深閑としている。

畑の上に立派なサツマイモがごろごろと転がっていました。施設と道一つ隔てた裏に農家があって、七〇歳ぐらいのご老人がイモ畑に続いた庭で犬とひなたぼっこをしていらした。私はどうしても面と向かって質問が出来ないんですね。そのまま通り過ぎようとしたら、せっかく来たのに何で聞かないんですか、と石坂さんがご老人に声をかけて話のきっかけを作ってくれました。その方になぜ逃げないのですか、と聞いたのです。全員退去の地区ですから。そうしたら、逃げたってしょうがないだろう、どこにいたって同じならここにいる、とおっしゃった。息子さんが避難した後も、犬と一緒に残っていたんですね。

畑の上に転がっているサツマイモは食べられないのですか、とも聞きました。せっかく一年がかりで育てたイモが畑に転がっている、土に縁のない私が見ても非常に無残な感じがしましたから。

事故の前に収穫していたイモは大丈夫だったけど、土の中のイモは食べられなくなってしまったそうです。しかし、収穫期のイモを暗い土の中に放っているわけにはいかないから、可哀想だから掘り出した、そうおっしゃったのです。

臨界事故から避難に至るまでの話を聞きながら、私は庶民は決してばかではない、ということをあらためて思いました。ただ残念なのは、私たち庶民は考える前にあきらめてしまうんですね。

島村　それは日本の「国民性」ということもあるかもしれませんが、もっと言えば、魯迅が書いた「阿Q正伝」の世界ですね。私たちの上にはさまざまな厄災が降りかかってきます。天災の場合も、人災の場合もありますが、特に人災という理不尽な状況に対して、やはりあきらめるのではなく、呼応していく必要があるのではないでしょうか。

もちろん憤り、訴えることもその一つです。しかし、それだけでなく、これからとるべき道を考えていく。それを今やるのは大変酷なことかもしれないのですが、今のこの時代にあってそういうことを痛感しています。

＊　一九九九年九月三〇日、茨城県東海村の民間核燃料加工会社ＪＣＯの施設で作業中に起きた臨界事故。作業員一〇〇人以上が被曝(後ＪＣＯ社員二人が死亡)。付近住民約三一万人に退避勧告が出された。

若い世代への「希望」

林　余談になりますが。一九八〇年代半ば、アメリカで暮らしている時に、ワシントン州のイサカの大学で学生たちに九日の話をしたことがあります。被爆者を初めて見るということもあって、階段教室は満員でした。立っている学生もいるし、床にあぐらをかいて座っている学生もいる。金髪と青い目の学生たちを見ながら、私は被爆の話をしました。

話が終わって質問を受けたのですが、一人の学生が、「世界は最終的にどうなると思いますか」という質問をしたんです。その男子学生は真剣な、射るような眼差しで私を見ている。そしてその青い目がだんだん血走ってくる。私は話したことを半ば後悔しながら、「私は政治家ではないから、世界や国家というものから離れた一人の被爆者としての立場でしか考えられません。ですが、私は人を信じます」と答えました。これは決して虚ろな言葉ではありません。彼らの表情を見ていてそう思ったのです。そして、「何よりもあなたたちを信じます」と心にあるままを言いました。

すると、座っていた学生たちが立ち上がって力いっぱい、拍手してくれたのです。彼らも何かを信じたかったんですね。

私も彼らに向かって拍手をしました。話し合う場所があって、真剣に向かい合うことができれば、お互いに信じ合える。最終的には自分を信じることが出来るということが分かって、私は感動しました。こういう人間同士として信じ合える人が一人でも多くなったら、と思いました。あの時の拍手は彼らが信じられる自分自身への拍手だったのだから、忘れないだろうとは思うのです。

学生たちが帰った後に、大学の先生が一人の韓国人の女子学生を連れてきました。ニューヨークに両親が住んでいると言っていました。先生が、彼女が林さんに質問したいことがあると言っているけれどいいですか、とおっしゃるので、私に答えられることでしたらどうぞ、と言ったんです。

そのお嬢さんは、「林さん、私の父と母は日本語がとても上手です。しかし一言も話しません。どうしてですか?」と聞いてきました。私は、この子はうすうすそのわけを察していて質問している、と思いました。だけど日本人の口からそのわけを聞きたかったのでしょうね。あなたは今立派なことをしゃべったけれど、日本がしたことをどう思っているのか、という思いがあったのかもしれません。

私は、まず「ごめんなさい」と謝りました。すると先生が「なぜ林さんは謝るんですか?」と聞いてきました。私は、子供のころ上海に戦勝国の子供として住んでいたこと、日本と韓国の関係は当時はよく分かっていなかったけれど、その後学校で習った二つの国の関係を話しました。すると先生が、「じゃあ私もあなたに謝らないといけません。林さん、ごめんなさい。私も占領軍の子供として日本に住んでいました」とおっしゃったんですね。

それから私は女の子に言いました。あなたのお父さんとお母さんは韓国人でありながら、日本語の教育を受けさせられ、日本風の名前に変えさせられた。迫害を受けながら、祖国を否定されながら日本語を習得なさったはずだ。そのことが骨身に染みているお父さんとお母さんにとって、日本語を話さないということは、彼らの意志だと思う。だから本当にごめんなさい、と言ったのです。

続けて、私は私の母の話をしました。被爆した私が助かって諫早に帰ってきた後だったと思いますが、長崎の被爆者がおおぜい諫早の学校に収容されて、床の上に焼けただれた体で寝かされていたそうです。その中にアイゴー、アイゴーと泣いている女の子がいて、すぐに韓国の子だって分かったんですね。やけどを負ったその子の体にはウジが湧いていて、母たち婦人会の人たちがピンセットで取ってあげていた。焼けただれた肌をウジがつついて痛いのだそうです。そうしたらそこに日本人の若い巡査が来て、「おまえたち、朝鮮人は放っておけ、日本人を看ろ」と言ったのです。

母は——上海時代からそうだったのですが——、こういう時に日本人も朝鮮人もない、と巡査に言って、動かずにずっとウジを取り続けていた。それは母だけではなくて、そこにいた若い婦人会の人たちもそのままウジを取りつづけたそうです。

私は韓国人の学生に、だから日本のしたことを許してくださいというつもりはありません。ただ、こういう日本人もいたということを、せめてあなたには知っていてほしいのです、と言いました。

すると、彼女がポロポロと涙を流して、林さん正直に話してくれてありがとう。握手をしてください、と言ってくれました。私は、上海でも侵略国の少女として、中国の人にずいぶんつばを掛けられたりしました。でも、半世紀近くたってしかもアメリカで、自分の国が犯した罪を直接ぶつけられたのは初めてでした。上海で育ったせいでしょうね。いつも国と個人の矛盾にはさまれながら生きてきました。だけど、真心を持って、人として話せば分かる——そのことを、アメリカで教えられた気がします。

私はやっぱり最終的には人間だと思うのです。一人ひとりが人間として考えてほしいですね。

島村　そうですね。人間として物事をきちんと正面から見て、何が本当のことかを見極めて判断する——このことが出来なければ、すべてのことは命を軽んずる言葉にごまかされていってしまう気がします。

先ほど、林さんが長く時間をかけていろいろなことを語ってきてもなかなか受け入れられない、状況も変わってこない、そういう中での無力感ということをおっしゃいました。私も東日本大震災や福島原発事故の後、非常に絶望的な気持ちになります。

でも、今日、林さんのお話をうかがいながら、長い時間はかかっても分かってくることはある、希望はあるということを、教えられたような気がします。

先ほどもふれた「収穫」という小説が収録されている、二〇〇五年に出た最新のご本のタイトルが『希望』です。「長い時間をかけた人間の経験」の後に残ったものが「希望」なのかもしれないですね。

非常につらい希望かもしれませんが、これからも時間をかけて、絶望せずに考えていきたいと思います。今日は本当にありがとうございました。

（二〇一一年四月一八日）

林京子氏

インタビューを終えて

島村　輝

二〇世紀、米ソの対立を軸とする東西冷戦構造が存続していたころ、両陣営は限りない核軍拡競争を繰り広げた。冷戦が終結し、世紀をまたいだ今も「核抑止力」論を基調とする武力による威嚇と支配の体制が変わっていく様子は一向にない。これに対して、日本国憲法第九条を持ち、第二次世界大戦末期に熱核兵器の実戦使用として原爆投下を体験した日本には、「核抑止力」論を乗り越える原理を提示していく役割と責任が求められていると考える人々は、これまでにもさまざまな立場から、地道な意見表明や実際的な努力を続けてきた。幼少期を中国・上海で送り、敗戦の直前に日本に戻って長崎で被爆するという体験をもつ作家・林京子もまた、文学という表現手段を通じて、核兵器の使用が、人々の生命や健康、生活にどのような惨《むご》い被害をもたらすかということを、静かに訴え続けてきた一人である。

林京子の「祭りの場」は一九七五年四月に「群像」新人賞を、同年七月に第七三回芥川賞を受賞した作品である。インタビューの中でも触れたが、この小説は長崎への原爆投下、その直後の日本の敗戦による戦争終結から約三〇年後の執筆当時に視点を置き、主人公の女学生を含めた当時の長崎付近の人々が、被爆によって何を見、どのような経験をしなければならなかったかを、正確に、また痛切に描き出している。単なる見聞や体験としてばかりでなく、原爆を投下した側の、実に身勝手な言い分を、十分視野に収めて書かれていることが、この小説に深みを加える要因になっているといってよい。林京子が文壇で本格的に注目されるようになった頃の代表作というばかりでなく、「原爆文学」の傑作として、今日にいたるまで高い評価を保つ作品である。

その後も林は、連作集『ギヤマン ビードロ』『無きが如き』などの作品を通じて、今日にいたるまで粘り強くこの問題を問い続けてきた。

林京子の文学の原点にこの被爆体験があることはもちろんだが、もう一つの基層には、植民地的な支配を行う側にいた上海の日本人の一人としての体験がある。敗戦直前の引き揚げから、林が再び上海を訪れるまでには三六年の歳月が流れた。そうした時間を隔てて再び上海での生活と向き合い、過去と現在の自分のスタンスを見直すところから、一連の中国を舞台とする作品が成立している。

被爆後遺障害への不安を抱えつつ生きる中で、林はその後の作家生活を通じて、原爆被爆ばかりでなく、原子力事故による放射線被曝の問題や、そもそも核エネルギーを解き放つ原点となったトリニティ・サイトの過去と今日を描くといった仕事をも続けてきた。

ここからは個人的な話になる。二〇〇四年、九人の著名人による「九条の会」の呼びかけが行われ、多くの場でその地域の「九条の会」が結成された。林さんは逗子に住む者の一人として、「逗子・葉山九条の会」の呼びかけに賛同され、活動を支援されてきた（私は同会の事務局長を務めている）。二〇一〇年五月の憲法記念日には、地元在住の戦争体験者、被爆経験者の方々とともに、地元の催しの壇上にも立たれた。

ご近所の住人としての林さんは、実に凛とした風格のある方である。穏やかな中に、状況に流されず、距離をとったところから見てゆく、醒めた感覚を失わない点は、彼女の文学と本質を同じくするところだろう。東日本大震災、続く福島第一原発の事故という現実に直面した直後に行われたこのインタビューからも、その姿勢は十分に感じとれることと思う。

『林京子全集』（全八巻、日本図書センター　二〇〇五年）が刊行された現在、今生きている、力ある文学として、彼女の作品はもっともっと読まれていいのではないだろうか。そんな思いをこめてインタビューをさせていただいた。このブックレットをきっかけにして、林京子の読者がさらに広がることを祈る。

◆林京子　略年譜

一九三〇(昭和五)年

八月二八日、長崎県長崎市に父宮崎宮治・母サヱの三女として生まれる。本名宮崎京子。

一九三七(昭和一二)年　七歳

四月、上海居留民団立中部日本尋常小学校入学。

七月七日、盧溝橋事件。上海でも戦争の気配が濃厚になったため、父を残し長崎市に一時帰国する。

一九三八(昭和一三)年　八歳

四月頃、上海に戻る。

一九四一(昭和一六)年　一一歳

一二月八日、早朝のラジオで「大東亜戦争」開戦の報を聞く。

一九四三(昭和一八)年　一三歳

三月、上海居留民団立第四国民学校を卒業。

四月、上海居留民団立第一高等女学校に入学。

一九四五(昭和二〇)年　一五歳

二月末、父を残し、戦局の厳しくなった上海から家族と共に脱出する。

三月二日、帰国。家族は諫早に疎開。長崎県立高等女学校二年に編入し、長崎市に下宿する。

五月三〇日、同月二二日に公布された「学徒動員令」に基づき、三菱兵器製作所大橋工場に動員される。

八月六日　広島に原爆投下。

八月九日午前一一時二分、動員先の大橋工場にて被爆する。被爆地を彷徨い、夕方母校に帰る。夜八時過ぎ、下宿に帰る。

八月一三日、迎えに来た母と姉に連れられて、家族の疎開先の諫早市へ帰る。

八月一五日　日本の敗戦。

一九四六(昭和二一)年　一六歳

一月、上海から父が帰国する。

一九四七(昭和二二)年　一七歳

三月、長崎県立高等女学校を卒業する。

一九五一(昭和二六)年　二一歳

一〇月、林俊夫と結婚。

一九五三(昭和二八)年　二三歳

三月二二日、長男誕生。

一九六二（昭和三七）年　三二歳
保高徳蔵主宰の同人誌「文芸首都」に加わる。
一九六三（昭和三八）年　三三歳
七月二六日、被爆者健康手帳の交付を受ける。
一〇月、「文芸首都」に「青い道」（筆名小野京）を発表する。
一九六九（昭和四四）年　三九歳
一二月、「文芸首都」終刊。
一九七四（昭和四九）年　四四歳
五月、業界紙「食糧タイムズ」に就職。
一一月、林俊夫と離婚する。
一九七五（昭和五〇）年　四五歳
四月、「祭りの場」で第一八回群像新人賞を受賞する。
五月、『祭りの場』（講談社）を刊行する。
七月、「祭りの場」で第七七回芥川賞を受賞する。
一九七八（昭和五三）年　四八歳
五月、『ギヤマン　ビードロ』（講談社）を刊行する。
同書にて芸術選奨新人賞の内示を受けるが辞退する。
一九八〇（昭和五五）年　五二歳
二月、『ミッシェルの口紅』（中央公論社）を刊行する。
一九八一（昭和五六）年　五一歳
六月、『無きが如き』（講談社）を刊行する。
八月、『自然を恋う』（中央公論社）を刊行する。
八月六日、三六年ぶりに上海を訪問する。
一九八三（昭和五八）年　五三歳
五月、『上海』（中央公論社）を刊行する。
九月、同書で第二二回女流文学賞を受賞する。
一九八四（昭和五九）年　五四歳
一一月、『三界の家』（新潮社）を刊行する。「三界の家」で第一一回川端康成文学賞を受賞する。
一九八五（昭和六〇）年　五五歳
五月、『道』（文藝春秋）を刊行する。
六月、長男の家族と共にアメリカに移り住む。
一九八八（昭和六三）年
一月、『谷間』（講談社）を刊行する。
五月、『ヴァージニアの蒼い空』（中央公論社）を刊行する。
六月、アメリカより帰国する。

一九八九（平成一）年　五九歳
二月、『輪舞』（新潮社）を刊行する。
五月、『ドッグウッドの花咲く町』（影書房）を刊行する。

一九九〇（平成二）年　六〇歳
六月、『やすらかに今はねむり給え』（講談社）を刊行する。
一〇月、同書で第二六回谷崎潤一郎賞を受賞する。

一九九二（平成四）年　六二歳
八月、『瞬間の記憶』（新日本出版社）を刊行する。

一九九四（平成六）年　六四歳
二月、『青春』（新潮社）を刊行する。

一九九五（平成七）年　六五歳
五月、『老いた子が老いた親をみる時代』（講談社）を刊行する

一九九六（平成八）年　六六歳
五月、『樫の木のテーブル』（中央公論社）を刊行する。

一九九八（平成一〇）年　六八歳
一〇月、『おさきに』（講談社）を刊行する。
一一月、『予定時間』（講談社）を刊行する。

一九九九（平成一一）年　六九歳
一〇月二日、アメリカ、トリニティ・サイトを訪問する。

二〇〇〇（平成一二）年　七〇歳
九月、『長い時間をかけた人間の経験』（講談社）を刊行する。
一二月、同書で第五三回野間文芸賞を受賞する。

二〇〇五（平成一七）年　七五歳
三月、『希望』（講談社）を刊行する。
六月、『林京子全集』（全八巻、日本図書センター）を刊行する。

二〇〇六（平成一八）年　七六歳
一月、『林京子全集』にいたる文学活動の業績で、二〇〇五年度朝日賞を受賞する。

＊『林京子全集』（日本図書センター）、『長い時間をかけた人間の経験』（講談社文芸文庫）の年譜をもとに作成しました。

林 京子

1930年生まれ．著述業．1977年，「祭りの場」で第77回芥川賞受賞．

島村 輝

1957年生まれ．フェリス女学院大学教授．日本近代文学，プロレタリア文学専攻．「逗子・葉山9条の会」事務局長．著書に『臨界の近代日本文学』(世織書房)，『『こころのノート』のことばとトリック』(つなん出版)など．

被爆を生きて—作品と生涯を語る　　岩波ブックレット813

2011年7月8日　第1刷発行

著　者　林《はやし》 京子《きょうこ》，島村《しまむら》 輝《てる》

発行者　山口昭男

発行所　株式会社 岩波書店
〒101-8002 東京都千代田区一ツ橋2-5-5
電話案内 03-5210-4000　販売部 03-5210-4111
ブックレット編集部 03-5210-4069
http://www.iwanami.co.jp/hensyu/booklet/

印刷・製本　法令印刷　　装丁　副田高行

ISBN 978-4-00-270813-3　　Printed in Japan